ADMINISTRATION

MUNICIPALE

A TORCY, PRÈS PARIS

1853-1868

LAGNY

IMPRIMERIE DE A. VARIGAULT

—

1868

COMMUNE DE TORCY, (Près Paris).

Plan des Édifices publics dressé par Mr Mangeon, Architecte
du département de Seine et Marne, et approuvé par Mr Lefuel,
Architecte de l'empereur.

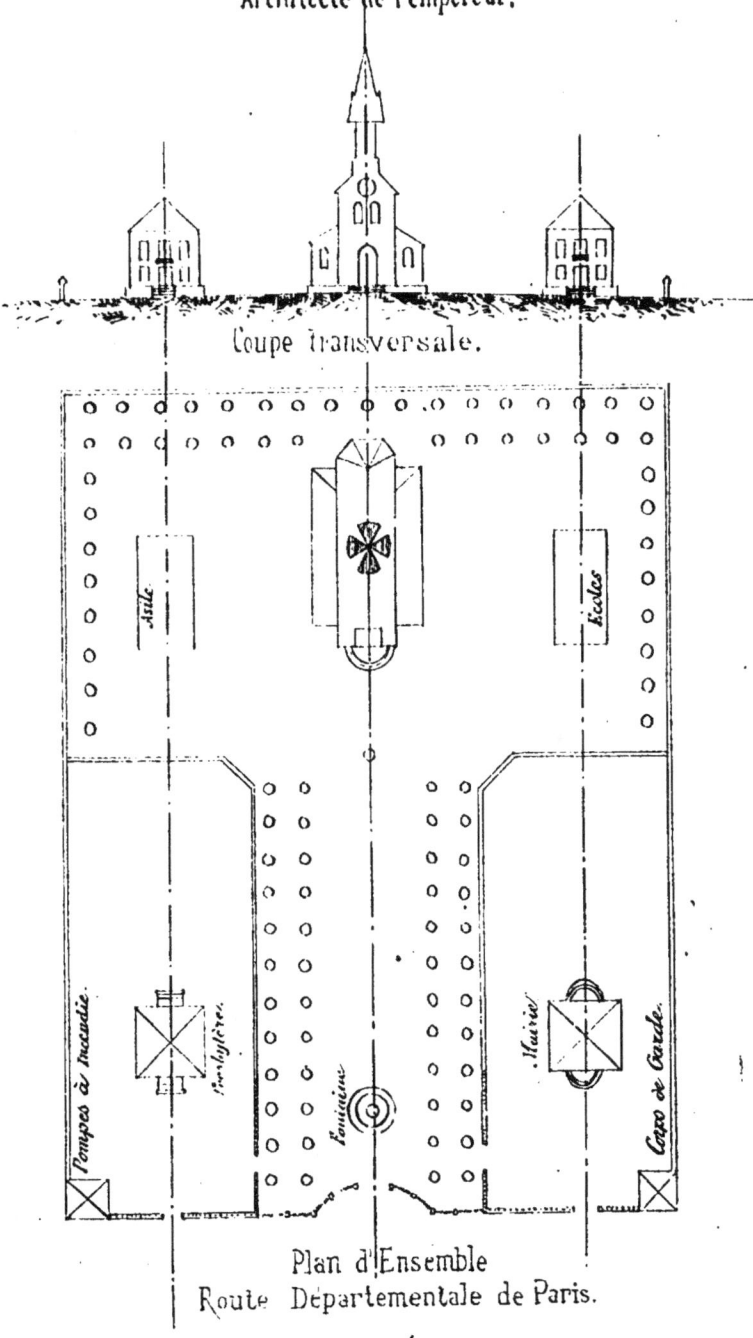

Coupe transversale.

Plan d'Ensemble
Route Départementale de Paris.

Échelle de 1½ pr. mètres.

ADMINISTRATION MUNICIPALE

A TORCY

1853-1868

Bien faire et laisser dire.

I

PRÉAMBULE

§ 1ᵉʳ.

Maire de la commune de Torcy depuis quinze ans, j'ai voulu, avant de renoncer au mandat que m'a confié M. le Préfet de Seine-et-Marne, exposer à mes concitoyens les actes d'une administration dont j'ai été le chef, répondre à des critiques aussi violentes qu'injustes, et démontrer l'utilité et l'opportunité des décisions prises dans de graves circonstances.

Voici le bilan des principales opérations que je vais soumettre à l'appréciation de mes administrés.

1° Vente des bois communaux.

2° Construction d'une église, d'une mairie et d'un presbytère.

2° Association avec la maison André pour l'exploitation des concessions d'eau et de force motrice obtenues de l'État:

4° Établissement hydraulique destiné à élever les eaux de la Marne à Torcy et au château de Rentilly.

5° Distribution d'eau dans le village de Torcy.

6° Construction d'une passerelle sur la Marne.

7° Plantation des pâtis communaux.

8° Enfin fondation d'un bureau de bienfaisance et d'une société de secours mutuels.

Au mois de février 1853, la mairie de Torcy devint vacante à la suite d'une révocation. Les prétendants à l'écharpe municipale étaient nombreux ; unis pour provoquer la destitution du maire par des dénonciations et des moyens toujours regrettables, ils cessèrent d'être d'accord le jour où il fallut choisir un successeur.

Membre du Conseil municipal, je restais éloigné des affaires, à la suite de dissidences avec le maire sur diverses questions d'intérêt communal, et aussi à cause de l'opposition systématique d'un parti auquel je ne voulais pas m'allier. J'étais complétement étranger aux actes qui motivèrent l'exécution préfectorale, et c'est probablement un des motifs qui me firent offrir la mairie.

La tâche était lourde ! elle venait se joindre à celle déjà si importante que m'imposait ma profession. Devant moi se dressait l'exemple récent des rivalités, des haines, de l'antagonisme entre les habitants de la campagne et la bourgeoisie, et aussi le souvenir de honteuses intrigues qui avaient décidé le brave colonel Lefebvre, ancien maire de la commune, à résigner ses fonctions sans avoir pu réaliser le bien qu'il avait projeté. Je craignais de ne pas être plus heureux, et pour concilier mon devoir de citoyen avec mes intérêts, je n'acceptai que conditionnellement l'offre qui m'était faite, espérant que M. le Préfet ferait un choix prochain. — Par des circonstances qu'il ne m'était pas donné de prévoir ce provisoire dure encore aujourd'hui.

§ 2.

Le 20 février 1853, je fus installé dans mes nouvelles fonctions; mon prédécesseur et son adjoint avaient disparu dans l'orage, la mairie était déserte. Je ne recueillis que des dossiers dont le secret m'était caché; sans perdre un instant je me mis résolument à l'œuvre.

Je n'entends pas faire le procès de l'ancienne administration, je puis affirmer pourtant, sans crainte d'avoir, je ne dis pas un, mais deux contradicteurs, que la situation des affaires communales était loin d'être prospère.

Les édifices publics manquaient ou tombaient en ruine, l'eau était insuffisante et impropre aux usages des habitants, la salubrité compromise, les rues obstruées, et pour réparer ces brèches au bien-être général, pour subvenir aux charges communales, un budget limité, insuffisant, voilà l'héritage que l'on m'avait transmis !

La nouvelle administration devait-elle suivre les errements de l'ancienne ?

Devait-elle au contraire sortir de l'ornière, entrer dans la voie du progrès et aviser à créer des ressources pour doter la commune d'améliorations urgentes?

Je n'avais plus l'âge des illusions, je prévoyais les obstacles que l'exécution de mesures radicales allait rencontrer, ils ne m'effrayèrent point, mon parti était pris : *Bien faire et laisser dire.*

A la suite d'une conférence dans laquelle j'eus l'honneur d'exposer à M. le Préfet la situation exceptionnelle de la commune de Torcy, je reçus, le 15 juin 1853, la dépêche suivante :

« Monsieur le maire,

» La commune de Torcy, l'une des plus importantes du canton de Lagny, et
» qui possède des bois ayant une valeur de quatre cent mille francs, a besoin
» d'être restaurée complétement, tant sous le rapport moral que sous le rapport
» matériel.

» En vous confiant l'administration de cette commune, j'ai compté sur vous,
» Monsieur le Maire, pour la faire entrer dans la voie des améliorations.

» Je vous engage donc à vous mettre à l'œuvre; je connais votre zèle et votre
» dévouement pour le bien public, vous pouvez être certain que mon concours
» ne vous manquera pas.

» Agréez, Monsieur le Maire, etc.

» *Le Préfet de Seine-et-Marne,*

» LERAT DE MAGNITOT. »

§ 3.

Chargé de faire un rapport sur la situation générale de la commune, le maire exposa au préfet ses besoins, ses projets et lui fit connaître les moyens d'exécution dans les termes suivants :

BESOINS

Le budget de l'année 1854 fixe à 36 le chiffre des centimes à la charge de la commune et nécessaire pour faire face aux dépenses ordinaires.

La liquidation de la dette laissée par l'ancienne administration nécessite un emprunt de cinq mille cinq cents francs (1).

Assainissement et réparation des écoles, rétablissement du pavage dans plu-

(1) Je relate un fait sans faire grief à l'ancienne administration d'un déficit dont la cause m'est connue.

sieurs rues du village, *restauration* de l'église qui menace ruine, achat de vases sacrés.

PROJETS

Construction d'une mairie et d'un presbytère, établissement dans le village d'une *fontaine* et d'un *lavoir*, à moins d'impossibilité absolue de trouver de l'eau, celle des puits étant insalubre et insuffisante.

Acquisition d'une propriété composée de vastes batiments et d'un jardin pour y placer les écoles, le presbytère et la mairie, et pour agrandir la place du jeu de paume et redresser la rue qui y conduit.

Acquisition d'un terrain pour l'établissement d'un *cimetière*.

Instruction gratuite aux enfants et aux adultes, *abolition du casuel* moyennant équitable indemnité au curé, qui se joint au maire pour provoquer une mesure qui doit consacrer dans l'église de Torcy le véritable principe de l'égalité chrétienne.

Enfin création d'un bureau de bienfaisance, suffisamment doté pour secourir efficacement les malades pauvres et soulager les indigents.

MOYEN

Et pour faire face à ces dépenses, le maire indiquait l'aliénation d'un bois de 125 hectares, situé à un myriamètre du village, sur le territoire de Roissy, provenant d'un don fait à la commune de Torcy en 1100, par Ancel de Garlande, grand sénéchal de France, principal ministre du roi Louis le Gros.

Tel est le sommaire du rapport qui fut adressé à M. le Préfet.

II

ADMINISTRATION

L'opposition que j'avais prévue, de la part d'hommes blessés dans leur amour-propre ou trompés dans leurs espérances, ne manqua pas de se manifester dès le premier acte de ma gestion.

L'édilité réclamait une mesure prompte : par un arrêté le balayage des rues devint obligatoire, et fut le prétexte de nombreuses réclamations.

Après avoir fait inutilement prévenir les contrevenants, je dus faire assurer par une décision judiciaire l'exécution de mon arrêté dont on contestait la légalité.

Le salaire des agents de la commune était insuffisant, je jugeai que pour avoir le droit d'exiger d'eux de bons services, une rétribution rémunératrice devait leur être accordée :

Le salaire du garde champêtre fut porté de 600 fr. à 1,000 fr.

Les appointements du secrétaire de la mairie de 120 fr. à 225 fr.

Le traitement de l'instituteur de 800 fr. à 1,200 fr.

Celui de l'institutrice de 400 fr. à 800 fr.

Enfin la faible rétribution allouée à M. le curé fut augmentée de 100 fr..

Ces mesures, tout en assurant les services, devait avoir pour conséquence une aggravation des charges de la commune déjà fort lourdes, que l'emprunt nécessité par le payement de la dette laissée par l'ancienne administration allait encore augmenter. Il fallait donc aviser promptement aux moyens d'y pourvoir.

La société de secours mutuels de Torcy a été autorisée par décret impérial du 12 août 1853. Le 31 janvier suivant, un nouveau décret m'en nomma président.

La situation financière de cette société, la *seconde* créée dans l'arrondissement de Meaux, est prospère grâce au concours intelligent et dévoué de l'ancien vice-président, le bon et regretté curé Caplet, de son digne successeur, et de messieurs les membres honoraires.

La cotisation annuelle des sociétaires participants est de *six francs* seulement, et, malgré sa modicité, les fonds de réserve placés en rente sur l'État, sont relativement importants.

Afin de propager les bienfaits de l'Association (l'exemple vient de nous en être donné par le baron Alphonse de Rothschild, président de la Société de Ferrières), il serait à désirer que les habitants des communes limitrophes, Collégien, Bussy-Saint-Martin, Lognes et Noisiel, trop peu importantes pour avoir chacune leur Société, pussent profiter des avantages de la mutualité en se faisant admettre comme membres de la Société de Torcy. Nous espérons qu'une pensée égoïste ne fera pas rejeter cette proposition, lorsqu'elle sera soumise à messieurs les sociétaires.

L'aliénation des bois communaux, propriété *éloignée* du village, de peu de produit, et d'une grande valeur, était le moyen indiqué pour subvenir à des dépenses considérables et urgentes.

Elle fut votée à *l'unanimité* par le Conseil municipal, le 23 novembre 1853, sur la proposition du maire, l'emploi du prix de la vente en rente sur l'État, avec stipulation que trois vingtièmes du revenu seraient capitalisés chaque année pour faire face à la dépréciation du signe monétaire fut décidé, et le maire chargé de faire toutes démarches pour obtenir un décret autorisant cette aliénation.

La mise à prix des bois fut fixée par le Conseil à 398,877 fr. 55 c., par une nouvelle délibération prise à l'unanimité le 21 décembre 1853, visant les dires de l'enquête de *commodo et incommodo* faite pour parvenir à l'aliénation, et aussi l'avis favorable du commissaire.

La subdivision des pompiers avait besoin d'un subside pour s'équiper; cette dépense utile fut votée par le Conseil et portée aux budgets 1853 et 1854.

Société des orphéonistes, par un vote du 9 novembre 1854, une subvention à titre d'encouragement lui fut votée; mais nous n'avons pas tardé à reconnaître, malgré les succès qu'elle a obtenus dans plusieurs concours, les inconvénients qui résultaient des déplacements des orphéonistes, et la commune a cessé d'accorder son patronage à cette Société qui s'est dissoute.

Distribution de prix. Une subvention votée chaque année permet de décerner des récompenses aux enfants des écoles communales ; des personnes généreuses mettent à la disposition de l'administration quelques livres, et livrets de caisse d'épargne, qui deviennent le gage de satisfaction accordé aux plus laborieux.

Cette distribution de prix est toujours l'occasion d'une fête de famille, elle produit dans la population un excellent effet.

Coupe de la réserve des bois. Elle a été adjugée le 29 décembre 1856, par suite d'un décret *provoqué* par M. le directeur des eaux et forêts, qui dans le principe avait refusé d'y donner son adhésion ; le prix de la vente s'est élevé à trente six mille francs ; des frais assez considérables ont été prélevés sur cette somme.

La gratuité de l'instruction pour les garçons et pour les filles a été votée au budget 1858, ainsi qu'un cours pour les adultes.

La restauration des écoles était nécessaire ; le mobilier des classes était insuffisant ; dès 1859, au budget, une somme de cinq mille cinq cents francs a été votée et affectée à ces dépenses.

L'adjudication des bois communaux de Torcy a été prononcée le premier août 1859, au profit de M. le baron de Rothschild, moyennant un prix de 352,000 fr.

Par une modification faite par le maire et sous sa responsabilité, avant la vente, au cahier des charges approuvé par le préfet, les intérêts du prix représentant la feuille de l'année, ont été stipulés payables à partir du premier novembre 1858, contrairement à la condition approuvée, qui ne les faisait courir que du jour de l'adjudication. Il en est résulté une augmentation de prix pour la commune de 13,132 francs ; cela n'a pas empêché quelques-uns de prétendre que l'on avait fait *cadeau* des bois au baron.

L'installation des pompes aux puits communaux nécessita une dépense de quinze cents francs, qui fut votée au budget 1860. Elles remplacèrent avantageusement les cordes qui les desservaient autrefois.

Le bureau de bienfaisance de Torcy fut décrété le 24 mars 1860. Des dépenses considérables nécessitées par des travaux urgents n'ayant pas permis de doter cet établissement d'un capital suffisant, le Conseil, dans le but de lui créer des ressources indépendantes de l'allocation qui lui est accordée chaque année par la commune, décida qu'une somme de cinq cents francs prise sur les revenus communaux, serait capitalisée chaque année au nom du bureau de bienfaisance.

Rapport à M. le Préfet. Dans ce rapport, adressé le 24 octobre 1860, le maire rendait compte de la situation de la commune, évaluait à 165,500 fr. les dépenses à faire, et dans ce chiffre la construction de la mairie figurait pour une somme de *25,000 francs ;* celle du presbytère pour *12,000 francs* et celle de l'église pour *80,000 francs ;* il proposait en outre l'établissement d'une usine hydraulique, d'une fontaine et d'un *lavoir public,* la gratuité de l'instruction, et indiquait comme moyen de subvenir à ces dépenses, un emprunt et sa liquidation en quatorze années au moyen d'une affectation des revenus communaux.

La construction d'une église, d'une mairie et d'un presbytère sur un plan symétrique, l'acquisition d'un terrain d'un hectare furent décidées par délibérations prises les 18 mars et 14 décembre 1861 et une somme de 169,500 francs affectée à ces dépenses et par une troisième délibération prise à *l'unanimité,* le 6 avril 1862, le Conseil assisté des notables a sanctionné ces décisions et voté un emprunt de cent quinze mille francs.

Une réclamation de contributions payées depuis vingt-cinq années par la commune de Torcy en l'acquit de celle de Roissy fut décidée sur la proposition du maire le 17 mai 1861. Le Conseil de cette dernière commune a reconnu depuis que la réclamation était fondée, et par suite une somme de 981 fr. 71 c. est rentrée dans la caisse communale.

La réparation des pavés du village qui ne l'avaient pas été depuis vingt années, et aussi celle de la rue Chevre a nécessité une dépense de 6,500 francs qui a été votée par délibération des 17 mai 1861 et 15 février 1862.

Établissement hydraulique. Par délibération prise le 24 octobre 1861, le Conseil charge le maire de faire près du ministre des travaux publics toutes demandes et démarches pour obtenir, au nom de la commune, une concession d'eau et de partie de la force motrice produite par la construction du barrage de Vaires, afin d'établir sur la Marne une usine hydraulique destinée à élever l'eau au village de Torcy qui est insuffisamment pourvu d'eau de mauvaise qualité.

A la suite de démarches, notre demande, repoussée d'abord par messieurs les ingénieurs de la navigation, a été accueillie par le ministre, et le 15 novembre 1861, le Conseil a approuvé le projet d'élévation des eaux, présenté par M. Hubert, ingénieur à Paris, ainsi que les plans et devis s'élevant à cent mille francs.

Place publique. La plantation de la place du Jeu-de-Paume a été décidée par délibération du 6 février 1862, et une somme de deux mille francs consacrée à cette dépense a été votée. Cette place, d'une superficie de six mille mètres, sera prochainement fort belle.

Traité avec la maison André. Le conseil, après discussion, approuve le 11 mai 1862 le projet d'une association entre la commune et la maison André, pour l'établissement et l'exploitation, de compte à demi, des concessions d'eau et de force motrice faites au profit de la commune, et charge le maire de suivre cette négociation et les conventions arrêtées entre le maire au nom de la commune et M. André, le 29 juin suivant sont approuvées par un vote *unanime* le lendemain.

Passerelle sur la Marne. Le Conseil, après avoir constaté l'utilité d'une passerelle sur la rivière, décide, par délibération du 30 juin 1862, qu'une demande sera faite au ministre des travaux publics, charge le maire de faire toutes démarches pour que ce travail soit exécuté aux frais de l'Etat, et décide que la commune contribuera pour une somme de cinq mille francs dans cette dépense.

Une Bibliothèque communale a été fondée par souscription ; mais c'est avec regret que nous constatons que les livres, sans en excepter la charmante pièce de M. Sardou, *Nos bons Villageois*, sont peu demandés; espérons qu'une direction intelligente fera comprendre aux habitants de Torcy le fruit qu'on retire de bonnes lectures, et parviendra à les décider à consacrer les veillées d'hiver à s'instruire tout en s'amusant.

L'inauguration de l'église, de la mairie, du presbytère, de l'établissement hydraulique, d'une fontaine publique et de la passerelle faite le 5 décembre 1865, fut l'occasion d'une fête et d'un banquet dans la salle de la mairie, trop petite pour recevoir les souscripteurs. Au nom des habitants, M. Verneau, juge de paix du canton, membre du conseil d'arrondissement, offrait deux médailles commémoratives au maire et à son vénérable adjoint, M. Garnier, qui, malgré son grand âge, remplit depuis nombreuses années, ses fonctions avec tant de dévouement.

Une distribution des eaux et l'établissement de fontaines et bornes-fontaines, a été décidée par délibération prise le 10 juin 1866, et un crédit de dix mille francs affecté a cette dépense a été voté.

Chemin de Noisiel, lavoir, plantation. A la session d'octobre de l'année dernière, le maire fit la proposition d'établir une grande voie de communication reliant les villages de Torcy et de Noisiel. Ce chemin réclamé par les propriétaires des terrains de la pente de Douvre d'un accès difficile, en augmentant la valeur des propriétés, aurait puissamment contribué à faciliter les relations avec Torcy, des nombreux ouvriers de l'importante usine de Noisiel et aussi de celle que se propose d'établir au moulin de Douvre M. Menier.

Il proposait également de clore de murs le jardin du presbytère, d'établir une plantation d'arbres derrière l'église et des deux côtés, dans un double but d'agrément et d'utilité, dépenses évaluées à quinze cents francs, et aussi de construire un lavoir public, afin d'éviter aux femmes une course longue et pénible pour aller faire leurs lessives à la Marne, et d'exonérer la commune de cette dépense au moyen d'une souscription.

Ces propositions n'ont pas été accueillies, mais il faut espérer que l'intérêt signalé par le maire ne tardera pas à être compris, et que prochainement une belle voie conduisant aux usines de Noisiel et de Douvre, permettra aux ouvriers qui ne trouvent pas de logement dans ce premier village de fixer leur résidence à Torcy, et que l'établissement d'un lavoir donnera satisfaction à de légitimes réclamations (1).

III

ALIÉNATION DES BOIS COMMUNAUX

Ces décisions ont donné lieu à de vives discussions ; nous allons produire les objections faites, et aussi rappeler les raisons qui les ont motivées.

Devait-on aliéner les bois communaux ? fallait-il réparer ou reconstruire les édifices publics ?

Enfin devait-on demander pour la commune une concession d'eau et de force motrice, et négocier un traité avec la maison André ?

Telles sont les propositions que nous allons examiner.

§ 1er.

La proposition d'aliéner les bois communaux, opération indiquée comme seul moyen de faire face à des besoins urgents, est due à mon initiative ; j'en assume la responsabilité, et en revendique l'honneur, *suum cuique*.

Cette mesure a été l'objet de la part de l'administration d'une longue élaboration : soumise d'abord à l'examen d'hommes compétents, elle a subi ensuite devant le conseil municipal, les notables, la population entière, une discussion en rapport avec son importance, et les doutes qu'elle avait d'abord excités, les raisons, soit en faveur, soit contre le projet, produites lors de l'enquête, ont soulevé les questions suivantes :

(1) Le conseil municipal vient enfin d'adopter la proposition faite par le maire de faire construire un lavoir public par souscription et sans charge pour la commune. Il est probable que mieux informé à la cession prochaine, il votera également l'établissement d'un chemin vicinal de Torcy à Noisiel, et aussi une plantation autour de l'église qu'un intérêt *particulier* ne saurait plus longtemps retarder.

La commune avait-elle intérêt à la vente ?

Cette opération devait-elle avoir pour conséquence de rendre possible des travaux d'utilité publique, de la doter d'établissements de bienfaisance, et de dégrever dans un avenir prochain la propriété d'impositions ? Au contraire, l'intérêt des habitants, celui de la classe indigente surtout, ne se trouvait-il pas compromis par cette aliénation qui devait les priver d'une part d'affouage distribuée annuellement à chaque ménage ?

J'ai mûrement réfléchi sur la situation de la commune pressée de besoins, constaté l'impossibilité pour elle de se procurer par l'imposition les ressources suffisantes pour faire face à des dépenses urgentes (1). Il était évident, d'une part, que les bois communaux *éloignés* du village, placés entre la propriété de M. E. Pereire et le domaine de Ferrières, avaient une valeur relative considérable, que de fréquents rapports d'affaires avec la maison Rothschild me permettraient de faire valoir, de l'autre, que le produit de cette propriété ne figurait au budget communal chaque année, que pour une somme moyenne de 1,550 fr. La part affouagère distribuée gratuitement chaque année indistinctement aux ménages riches comme aux ménages pauvres, était d'une valeur insignifiante, soit de 7 à 8 francs, et le produit de la coupe trentenaire de la réserve était seulement évalué par l'administration des forêts trente mille francs. Convaincu que le moment était favorable pour opérer la vente, sans me préoccuper des tracasseries d'une opposition égarée, sans me laisser décourager par les difficultés inouïes que devait rencontrer l'exécution de ce projet par suite du refus formel de M. le directeur général des eaux et forêts, de celui des ministres des finances, de la marine et de l'intérieur, et aussi par l'avis du Conseil d'Etat (2). Je n'ai pas hésité à soumettre à l'approbation de la commission municipale la proposition d'aliéner qui a été accueillie par un vote *unanime* fortement motivé.

(1) Le centime produisant à Torcy 99 fr., une imposition extraordinaire de 0 fr. 50 centimes ajoutée à celle déjà fort lourde dont la commune était grevée eût à peine été suffisante pour faire face au payement *seulement* des intérêts d'un emprunt de cent mille francs.

(2) A la suite des explications données par le maire après la notification de la dépêche du 16 janvier 1855, les ministres de l'Intérieur, des Finances et de la Marine ont modifié leurs premières décisions et donné leur adhésion à l'aliénation des bois. Le 27 juillet 1856, malgré les adhésions données par les ministres, le Conseil d'Etat émettait l'avis qu'il n'y avait pas lieu d'autoriser la commune à aliéner son bois, mais depuis, par suite d'un recours à l'Empereur, deux décrets signés l'un par l'Empereur le 8 avril 1857 et l'autre par l'Impératrice le 24 mai 1859, ont autorisé cette vente. V. A, Nº 1, 2, 3, 4, 5, 6, 7, 8, 9, 10, 11 et 12.

Le décret du 8 avril 1857, qui autorise la commune à aliéner son bois, est antérieur à la circulaire du ministre de l'Intérieur, en date du 22 mai 1858, qui invite les administrateurs des communes et établissements publics à aliéner toutes propriétés improductives.

Le prix de la vente des bois adjugés à M. de Rothschild, employé en rente sur l'Etat, et celui de la coupe de la réserve ont produit un capital de 403,394 fr. 39 c.

§ 2.

Une mesure aussi radicale ne pouvait manquer d'être critiquée.

On a prétendu qu'il était facile de se procurer les fonds nécessaires aux besoins de la commune sans vendre les bois, et sans compromettre l'intérêt de la classe ouvrière par la privation de l'affouage.

D'un côté, les ressources indiquées par mon contradicteur ont été reconnues insuffisantes, et par le conseil et par les hommes de l'art, et les moyens de se les procurer, héroïques mais impraticables. En effet, est-il possible d'admettre que l'administration des eaux et forêts, si jalouse de ses prérogatives, eût accueilli une proposition du maire, tendant à une modification complète de l'aménagement du bois, et pour suite à une anticipation des coupes? Si ce mode d'aménagement n'a pas été inventé par les besoins de l'opposition, il est à regretter que les anciens marchands de bois qui ont administré la commune aient attendu à ce jour pour provoquer son application.

D'un autre, si la vente des bois a eu pour conséquence de priver la classe nécessiteuse d'une part d'affouage d'une valeur insignifiante, elle a eu pour compensation de procurer des travaux aux ouvriers, de dégrever pendant plusieurs années la population de contributions extraordinaires, de la prestation en nature, et de doter la commune d'établissements publics et d'un bureau de bienfaisance.

Cette opération d'ailleurs sanctionnée par plusieurs votes *unanimes*, a été approuvée par plusieurs de ceux qui la critiquent aujourd'hui, et si l'évolution de l'un d'eux peut paraître étrange, il y a lieu de s'étonner tout autant de sa déclaration naïve, que son adhésion à la vente doit s'expliquer par sa persuasion que le maire ne parviendrait pas à obtenir l'autorisation nécessaire.

I V

CONSTRUCTION DES ÉDIFICES PUBLICS

§ 1er.

La vente des bois opérée, la question des édifices publics mise à l'ordre du jour devait aussi soulever ses complications.

Autrefois la dépense qu'allait nécessiter la reconstruction d'une église, d'une mairie et d'un presbytère n'aurait pu être discutée, car la contribution la plus lourde eût été insuffisante pour solder *même l'intérêt* de l'emprunt destiné à la payer ; mais la notable amélioration apportée à nos finances par la vente des bois, rendait possible l'exécution de ces travaux au moyen d'une combinaison financière.

Des architectes choisis, les uns par le maire et le préfet, les autres par une commission du conseil, furent unanimes pour reconnaître que l'église et le presbytère ne pouvaient être réparés, et que les écoles seules devaient l'être.

Ferait-on les constructions simultanément ou l'une après l'autre ? sur quel emplacement ?

Dans la commission municipale les meilleurs esprits étaient partagés sur le mode d'opérer, et aussi sur le choix du terrain. Sept emplacements étaient indiqués pour l'église seule, l'un voulait des constructions monumentales, l'autre se contentait de réparations qu'il jugeait suffisantes, et proposait de consacrer les revenus communaux au paiement des contributions ; un libre penseur enfin proclamait l'inutilité d'église, et de presbytère, dans un avenir prochain.

En présence d'opinions si diverses, et de beaucoup d'autres, j'eus recours aux conseils d'un homme versé dans les grandes affaires, et je pris la résolution de satisfaire le plus d'intérêts possible en m'appuyant sur une combinaison financière, et le 18 mars 1861, je soumis au conseil municipal qui l'approuva après une discussion fort agitée, la proposition de construire sur un plan symétrique une église, une mairie et un presbytère, sur un terrain d'une superficie d'un hectare, et de consacrer à cette dépense une somme de 169,500 francs ; et cette proposition fut confirmée par une nouvelle délibération prise *à l'unanimité* le 6 avril 1862 par *le conseil* et *les imposés* appelés à voter l'emprunt.

Les dépenses de reconstruction de l'église se sont élevées à cent vingt-sept mille cinq cents francs, y compris l'acquisition du mobilier.

Celles de la mairie à vingt-neuf mille francs.

Et celles du presbytère à vingt-huit mille francs.

Enfin, le prix du terrain et la dépense des grilles et murs de clôture se son élevés à trente mille francs.

§ 2.

Le déplacement de l'église et de la mairie devait porter atteinte à trop d'intérêts pour que la mesure ne fût pas critiquée.

On a reproché au maire d'avoir compromis les ressources de la commune en faisant faire des constructions monumentales (1). Il suffira de constater les nombreuses modifications faites par la commission municipale aux projets, pour démontrer le peu de fondement de ce grief, *surtout* en ce qui concerne la responsabilité du maire.

En 1853, dans un rapport adressé à M. le préfet, le maire proposait l'acquisition de la propriété Cadot, à d'excellentes conditions de prix, pour y établir le presbytère, et y bâtir une mairie ; et proposait en même temps la *restauration* de l'église.

En 1860 dans un nouveau rapport, après avoir fait constater par les hommes de l'art l'impossibilité de réparer l'ancienne église, il propose de consacrer à la reconstruction de celle-ci, une somme de quatre-vingt mille francs, à celle d'une mairie 25,000 francs, et à celle du presbytère 12,000 francs seulement. Pas un mot n'était dit de l'acquisition du *terrain Bourgeois.*

Le 18 mars 1861 le conseil municipal décide que ces édifices seront bâtis sur un même plan, vote l'acquisition du terrain Bourgeois, et évalue la dépense de l'église à cent mille francs, celle de la mairie à trente-cinq mille, celle du presbytère à quatorze mille francs, et fixe à treize mille le prix du terrain à acquérir.

Mais l'architecte ayant fait observer que pour faire des constructions symétriques, les règles de l'art exigeaient que les édifices destinés à la mairie et au presbytère fussent de même pondération, et que l'affectation des dépenses devait être modifiée, à la suite d'une démarche faite par M. Ernest André près du ministre d'Etat, M. Lefuel, architecte de l'Empereur, désigné pour contrôler un nouveau projet présenté par M. Mangeon, l'approuva et le conseil aussi.

Il faut bien le reconnaître, le conseil, en décidant la reconstruction des édifices sur un plan symétrique, et en affectant les dépenses, ne s'était pas préoccupé de la question d'art et d'agencement ; aussi s'empressa-t-il de se rendre aux observations d'architectes aussi autorisés que Messieurs Lefuel et Mangeon et d'adopter un projet d'édifices *modèles pour une commune.*

Dans peu d'années vos ressources permettront de faire construire des écoles et une salle d'asile sur des emplacements réservés, de consacrer à ces travaux une

---

(1) Ces constructions n'ont rien de *monumental* et sont seulement élégantes. L'importance du presbytère aurait été moindre si ces édifices n'avaient pas été faits sur un plan *d'ensemble.* L'église est plutôt petite que vaste, en présence surtout de l'importance que doit acquérir le village de Torcy, dès qu'une station facilitera les communications avec Paris. La construction de la mairie est simple, elle est moins importante que les mairies nouvelles qu'on vient de construire a Chelles, Neuilly-sur-Marne et Petit-Bry, et cet édifice a échappé à toute critique. On verra bientôt si le grief fait au maire est fondé.

somme de quarante mille francs, que le prix des anciennes écoles et le revenu de moins de trois années suffiront pour payer, et ce sera le complément de projets présentés par des architectes d'un grand mérite.

Depuis, sur la proposition d'un de mes contradicteurs, la transformation du plafond de l'église prévue au projet par économie, en voûte, ainsi qu'une modification à la flèche du clocher, et aux bâtiments de la mairie et du presbytère, furent décidées, et par délibération prise le 27 août 1863, un crédit de dix-huit mille francs, fut affecté à ces diverses dépenses.

D'un autre côté, l'administration, contrainte d'avoir recours à l'expropriation par suite de la demande d'une indemnité fabuleuse, faite par le propriétaire du terrain choisi pour l'établissement des édifices publics, la commune a été condamnée à payer une somme de vingt mille francs, et obligée à construire des murs de clôture, dépense qui s'est élevée à dix mille francs.

Cette décision en dehors de toutes prévisions, qui doit être classée au nombre de celles que la justice rend trop souvent en matière d'expropriation, a imposé à la commune une dépense imprévue de dix-sept mille francs, et seule a nécessité *l'imposition extraordinaire de treize centimes* qui doit la grever pendant quelques années (1).

§ 3.

A ces économistes qui prétendent qu'en contractant un emprunt on a ruiné la commune, voici ma réponse : Nier d'une manière absolue les avantages que procure le crédit, lorsqu'on en use rationnellement, c'est protester contre les nombreuses décisions des conseils généraux, et aussi des commissions municipales des villes les plus importantes, comme aussi des communes les plus modestes, qui chaque jour, dans un but d'amélioration, ont recours aux institutions nouvelles de crédit. J'ajoute sans crainte de me tromper, que plus d'un de ces rigoristes qui semblent méconnaître ce puissant élément de prospérité, en a fait plusieurs fois usage pour son propre compte.

En décidant la reconstruction des édifices publics, on devait s'attendre à des déceptions ; il faut toujours raisonner *humainement* les choses humaines : s'il y a eu des réclamations, elles étaient prévues ; peut-on faire le bien général sans froisser quelques intérêts particuliers? Quant aux critiques, elles étaient inévita-

(1) Cette somme de dix-sept mille francs est représentée dans l'amortissement de l'emprunt de cent mille francs, contracté par la commune, par une somme annuelle de 1,461 fr. à raison de 9 fr. 30 0/0, soit 14 cent. 3/5. Or la contribution extraordinaire dont la commune est chargée pendant 8 ans pour liquider sa dette n'est que de 13 cent.

bles, il est toujours facile d'en formuler, surtout lorsqu'on ne se trouve pas en présence de contradicteurs. Et si on veut une nouvelle preuve de cette facilité, qu'on lise la lettre que m'adressait le 27 décembre 1860, M. Boniface, ancien propriétaire du château de Torcy, si connu et si regretté; on y trouvera son appréciation des opérations communales, et aussi celle d'un homme considérable, M. Germain Thibault, ancien membre du Corps législatif et du conseil général de la Seine (1).

Le seul motif qui me décide à la publier, à l'appui de mon assertion, c'est qu'elle relate l'*avis* d'un de mes honorables contradicteurs, avec lequel j'ai eu le regret de me trouver en divergence sur les questions de reconstruction des édifices publics et de l'établissement hydraulique.

V

ÉTABLISSEMENT HYDRAULIQUE, TRAITÉ AVEC LA MAISON ANDRÉ

§ 1.

Au nombre des améliorations projetées, l'une des plus importantes a été l'établissement qui chaque jour élève à Torcy l'eau de la Marne et alimente les fontaines établies dans le village; l'*air* et l'*eau* étant toute l'*hygiène*, comme l'a dit avec autorité un savant, M. Chevalier.

Des difficultés sérieuses entravaient l'exécution de ce projet. D'abord l'impossibilité constatée d'obtenir de l'eau sur un plateau fort élevé, soit par le forage d'un puits artésien, soit au moyen d'une pompe à feu, sans entraîner la commune dans des dépenses que ne comportaient pas ses ressources.

Ensuite le rejet par messieurs les ingénieurs de la navigation d'une demande de concession d'eau et de force motrice, que l'établissement d'un barrage allait permettre d'obtenir près Vaires, et aussi les dépenses de premier établissement que devait nécessiter la construction d'une usine destinée à élever les eaux de la Marne à une altitude de cent dix mètres au village de Torcy, éloigné de deux kilomètres de la rivière (2).

Je ne reculai devant aucun obstacle, fortifié que j'étais par l'approbation des grands propriétaires de la commune et du conseil, par l'appui, la coopération de M. Ernest André, et par la confiance que m'inspirait une combinaison financière.

Les nombreuses démarches nécessitées par le rejet de notre demande, ont enfin

(1) Pièce B. N. 1, 2.
(2) Pièce C. N. 1, 2, 3, 4, 5.

été couronnées de succès, grâce à la puissante intercession de M. André près du ministre des travaux publics ; Son Excellence ayant admis le maire et l'ingénieur à exposer les besoins de la commune de Torcy, au conseil général des ponts et chaussées, réuni sous sa présidence, a daigné faire droit à notre réclamation.

Cette concession, qu'un de nos grands industriels n'évalue pas à moins de cent mille francs, était l'objet de bien des convoitises. Lors de l'enquête exigée pour l'établissement de notre usine ; l'exemple de désintéressement donné par le propriétaire de l'importante chocolaterie de Noisiel n'a pas été suivi par messieurs les meuniers, et notre projet a été, de leur part, l'objet d'oppositions et de protestations ; mais la question de principe résolue, il nous a été facile de démontrer que ces prétentions, ou plutôt ces aspirations n'étaient nullement fondées, et que l'intérêt de toute une population devait prévaloir sur celui de quelques usiniers.

La dépense que devait nécessiter l'établissement hydraulique était une difficulté grave qui devait être résolue dans l'année, sous peine de *déchéance* de la concession. Evaluée à cent mille francs, elle fut réduite à moitié, par suite d'une négociation avec la maison André qui manquait de l'eau nécessaire aux besoins du château de Rentilly. Un · association fut arrêtée le 29 juin 1862 pour la construction et l'exploitation de compte à demi de l'usine, et ce traité *qui réserve à la commune les concessions*, stipule que les dépenses de l'établissement, d'entretien et d'exploitation seront payées par moitié, et que le partage des eaux entre la commune et la maison André sera fait dans la même proportion. Il a reçu le lendemain l'approbation du conseil municipal.

Chargé de suivre l'exécution de cette importante opération, j'ai dû d'abord m'adresser à plusieurs de mes collègues, entre autres aux maires de Chartres, Blois, Vitry-le-Français, qui, depuis plusieurs années obtiennent l'eau nécessaire aux services des villes qu'ils administrent, au moyen de forces motrices, et aussi m'assurer, en visitant des établissements hydrauliques, des résultats obtenus.

J'ai ensuite soumis le travail de l'ingénieur Hubert à l'examen des hommes de l'art les plus compétents. Messieurs Junker, inspecteur général des mines, Renaud, inspecteur général des ponts-et-chaussées, Dufrayer, ingénieur hydraulicien, directeur de l'usine de Marly, qui ont été unanimes pour reconnaître que le projet était bien conçu, et c'est alors seulement que le conseil municipal a été appelé à la sanctionner, et les plus imposés à voter les subsides.

Ces travaux ont été exécutés sous l'habile direction de l'ingénieur Hubert, à la satisfaction de l'administration, et la dépense ne s'est élevée qu'à la somme de quatre-vingt-dix-sept mille francs.

Depuis, une distribution d'eau faite dans le village, a permis d'établir des

fontaines et bornes-fontaines, et aussi de tirer profit des concessions d'eau faites aux propriétaires à fort bon marché.

Le produit de ces concessions qui augmentera indubitablement, figure au budget de cette année pour une somme de quinze cents francs. La dépense de la distribution s'est élevée à dix mille francs.

§ 2.

Aucun compte n'a été tenu à l'administration des difficultés nombreuses qu'elle a eu à surmonter et de son heureux succès dans cette affaire. Après avoir nié la possibilité d'élever les eaux de la Marne au village de Torcy, on a prétendu que l'opération était onéreuse pour la commune, on a même été jusqu'à critiquer le traité négocié par le maire avec la maison André, et aussi jusqu'à dire que l'opération avait été faite dans un intérêt particulier.

Le premier grief est si peu sérieux que j'éprouve un véritable embarras à le discuter.

Que répondre à des gens que la passion aveugle à ce point de leur faire dire d'une part : votre opération est inutile, car les habitants de Torcy s'étant passés d'eau jusqu'à ce jour, continueront à le faire sans avoir recours à *vos bons offices*, et sans grever la commune d'une charge nouvelle.

De l'autre, elle est impossible, car nous ne la comprenons pas.

Je ne suis pas de ceux qui pensent que parce qu'on a été longtemps privé d'une chose bonne et utile en soi, il vaut mieux continuer à s'en passer que de s'imposer un sacrifice momentané. Non, l'égoïsme le plus révoltant peut seul inspirer une pensée aussi rétrograde. Chacun dans ce monde doit travailler dans la mesure de ses forces et de son intelligence, à l'amélioration du sort de tous ; c'est un devoir envers la société dont l'administrateur surtout, sans se préoccuper des obstacles et des soucis du présent, doit donner l'exemple, et tout homme, pauvre comme riche, qui méconnaît les bienfaits, produits des travaux de nos aïeux, les obligations qu'ils lui imposent et reste oisif, est un banqueroutier qui nie sa dette envers l'avenir.

Le projet présenté par un ingénieur d'un mérite incontesté, approuvé par les hommes de l'art les plus compétents, a été jugé absurde, impraticable, et on a osé dire qu'en suivre l'exécution c'était blesser la raison. La raison de qui ? des savants de Torcy ? En vérité, la belle affaire que de blesser la raison de certaines gens qui nient l'évidence.

En présence d'objections de cette valeur devait-on renoncer à l'exécution du projet ?

Le système choisi pour l'élévation des eaux de la Marne au village de Torcy étant depuis longtemps appliqué avec succès (1), sans nous préoccuper de l'opinion des sceptiques, et sans tenir compte des réclamations de quelques habitants égarés par les prophéties de ces habiles qui ne parlaient de rien moins que de faire déposer le maire à la maison de Charenton, avant qu'il ait englouti dans la rivière les deniers de la commune, nous avons pensé qu'il fallait à tout prix profiter des concessions, et les eaux qui depuis deux années pourvoient abondamment aux besoins de la population, et aussi de la propriété, prouvent suffisamment que les craintes de mes contradicteurs étaient chimériques.

§ 3.

Après avoir contesté la possibilité d'élever les eaux de la Marne à Torcy, on a prétendu que l'opération avait été faite dans des conditions onéreuses.

Pour démontrer qu'il n'est pas vrai que l'opération soit onéreuse pour la commune, il suffit de comparer les charges avec les avantages, et de voir ce que coûte aux villes et communes en général, une distribution d'eau en capital et aussi en entretien.

La conclusion qui doit ressortir de ce moyen de comparaison démontrera suffisamment le peu de fondement de cette critique.

Les communes de Villeneuve-Saint-Georges, Montgeron, Crosnes, Valenton, Brevannes, Boissy-Saint-Léger, manquaient d'eau ; après avoir constaté l'impossibilité de trouver dans les *ressources communales* une somme de cinq cent mille francs, chiffre de la dépense prévue, pour l'établissement d'une usine hydraulique sur la Seine, à Villeneuve-Saint-Georges, et de la distribution, les propriétaires des nombreux châteaux et maisons de campagne de ces localités, forment une association au capital de cinq cent mille francs, et font construire l'usine qui fonctionne depuis deux ans, sans donner entière satisfaction aux intéressés, aux conditions suivantes :

Élévation au moyen d'une pompe à feu de cinq cents mètres cubes d'eau par jour.

Vente de 350 mètres cubes d'eau par jour, soit de 127,750 mètres cubes par an qui produisent 35,000 francs à raison de cent francs le mètre cube.

Dépense :

Intérêt du capital de cinq cent mille francs, dépense de premier établissement.   25,000 fr.

A reporter,   25,000 fr.

(1) La roue hydraulique inventée par le général Poncelet.

	Report	25,000
Frais d'exploitation et d'entretien,		20,000
Total de la dépense annuelle.		45,000 fr.

Ce qui fait ressortir le prix du mètre cube d'eau par an à 90 fr.

En 1865, les administrateurs de la ville de Meaux, dont les ressources sont engagées pour nombreuses années, appréciant l'avantage d'une distribution d'eau, procèdent par voie d'*expédient* et traitent avec un entrepreneur qui, moyennant une redevance annuelle de vingt-trois mille francs pendant *soixante-quinze ans*, et l'abandon fait sous certaines conditions pendant le même laps de temps de la *moitié du produit* des concessions, prend l'engagement de livrer à la ville huit cents mètres cubes d'eau par jour, ce qui fait ressortir le prix du mètre cube par an à 28 fr. 25 cent.

La dépense de premier établissement à la charge de l'entrepreneur s'est élevée à deux cent quatre-vingt-dix-sept mille francs, et l'entretien annuel est évalué à vingt-cinq mille.

La ville de Melun, *obérée* et ne pouvant recourir à un nouvel emprunt, pour se procurer de l'eau, procède dans des conditions presque identiques, et traite avec un entrepreneur qui, moyennant une redevance annuelle de vingt et un mille francs pendant *soixante-quinze années*, s'oblige à lui livrer chaque jour trois cents mètres cubes d'eau, ce qui fait ressortir le prix du mètre cube à 70 fr. par an.

A Cambrai, la ville paie une redevance de cinquante mille francs pour 730 mètres cubes par an, soit à raison de 68 fr. le mètre cube.

A Condom, la ville paie douze mille francs pour 200 mètres cubes d'eau par jour, soit 60 fr. par mètre cube par an.

A Torcy, l'usine élève chaque jour six cents mètres cubes d'eau, chiffre qui peut être porté à mille mètres cubes à volonté, par suite de travaux nouvellement faits au barrage, qui ont eu pour résultat d'augmenter la chute de trente centimètres.

Dépense :

Intérêt du capital de premier établissement, soit de 97,000 francs, ci.	4,850 fr.
Intérêt de la dépense de la distribution d'eau dans le village s'élevant à dix mille francs.	500
Frais d'entretien et d'exploitation.	1,000
Total de la dépense.	6,350 fr.

Ce qui fait ressortir le prix de revient du mètre cube d'eau par an, calculé sur six cents mètres, à 10 fr. 58 cent., soit à deux centimes neuf dixièmes les *mille litres* par jour et permet à la commune de livrer gratuitement de l'eau aux habitants, et de la vendre aux concessionnaires à raison de 35 fr. le mètre cube par an, soit dix centimes les *mille litres*, c'est-à-dire à des conditions de bon marché exceptionnelles, tandis que dans les autres communes de la banlieue, les prix sont cotés de la manière suivante :

PRIX DES CONCESSIONS D'EAU DANS LES VILLAGES CI-APRES :

	Charenton.	Villejuif.	Créteil.	Villen.-St-Georges.	Torcy.
250 litres.	70 francs.	50 fr.	40 fr.	40 fr.	15 fr.
500 —	120	90	75	60	25
1000 —	230	150	120	100	35
2000 —	280	230	200	180	70
3000 —	360	310	280	260	100

§ 4.

On a prétendu que la maison André, manquant de l'eau nécessaire aux usages du château de Rentilly, devait supporter la totalité de la dépense de l'établissement hydraulique.

Ce grief n'est ni juste ni de bon goût; M. André avait certainement intérêt à pourvoir d'eau son domaine, mais doit-on tirer la conséquence absolue qu'il dût payer seul la dépense, en présence surtout des besoins de la population de Torcy, des avantages que l'exécution du projet devait procurer aux propriétés et des produits qu'en devait percevoir la commune? L'administration ne l'a pas pensé.

Le reproche fait au maire de ne pas avoir fait supporter par M. André les frais de la conduite du réservoir a son château n'est pas fondé, car il ne s'est chargé du paiement de la moitié des frais de l'établissement et de la dépense d'entretien, qu'à la condition que la moitié de l'eau élevée lui serait livrée dans *son parc*. Procéder autrement qu'on ne l'a fait, eût été imposer une dépense supplémentaire à M. André ; or, cela n'eût pas été juste ; d'un autre côté, il faut bien le reconnaî-tre, le réservoir élevé à Torcy et qui est indispensable aux besoins de la commune et *profite à elle seule*, a été établi, ainsi que la fontaine publique, aux frais de l'association.

Il eût donc été bien arbitraire de chercher à imposer des conditions onéreuses à la maison André, qui par son influence, avait puissamment aidé à obtenir les conces-sions, et qui dans l'intérêt de la commune sollicitait près du ministre une passe-relle sur la Marne; en présence surtout d'une proposition faite spontanément par le propriétaire de Rentilly de se charger de la dépense de l'établissement et de faire à notre profit la concession de l'eau nécessaire à l'alimentation d'une fon-

taine, proposition que l'ancien conseil n'a pas cru devoir accueillir, dans un intérêt d'avenir, aimant mieux imposer à la génération un sacrifice momentané et
conserver les *concessions*, que de voir la commune un jour exposée à se trouver
à la discrétion des propriétaires du domaine.

Le grief fait à l'administration d'avoir dilapidé les fonds de la commune en
établissant une conduite distincte, au lieu de se servir de celle de Rentilly pour
la distribution des eaux dans le village, sous le prétexte que la dépense a été faite
à frais communs, n'est pas sérieux.

En effet, le partage des eaux s'opérant au réservoir de Torcy et la quotité à laquelle a droit M. André étant de là, amenée au château par une conduite qui tra-
verse le village, était-il possible, sans déchirer le traité, et sans mettre le château à
la discrétion de la commune, et aussi des concessionnaires, de tolérer *des prises
d'eau* sur cette conduite pour l'alimentation des fontaines et pour les besoins des
particuliers ?

Ai-je besoin d'ajouter que ce traité et aussi toutes les délibérations qui le con-
cernent, objets de tant de critiques, ont été examinés par M. Rouher, alors ministre des travaux publics, qui a annoté le projet de sa main ; et que son appréciation
a été moins sévère que celle de mes contradicteurs ?

§ 5.

Si des crédules ont pu prendre au sérieux le reproche malveillant qui m'a été
fait d'avoir favorisé l'opération des eaux dans le but de vendre avantageusement
une pièce d'un hectare et demi de pré attenant à la Marne, pour dissiper tout
doute, il me suffira de dire que je me suis empressé de mettre à la disposition de
l'administration, *au prix de revient*, ce terrain qui était nécessaire à l'établissement
de notre usine, et la lettre de M. Deshaies chargé de l'acquisition des terrains,
en date du 15 janvier 1867 en fait foi (1).

Et cet exemple n'a pas été plus suivi dans cette circonstance que dans d'autres,
par les propriétaires dépossédés, et la modération n'a pas toujours présidé aux
demandes faites par un de mes contradicteurs, qui, après avoir réclamé une première fois à la commune une indemnité de *cinquante-huit mille francs* pour prix
d'un hectare de terre, a vu sa demande réduite à vingt mille francs par le jury, et
une seconde *cinq cent soixante francs* pour une indemnité d'une récolte insignifiante, s'est vu contraint d'accepter la modique somme de soixante-quinze francs
jugée suffisante pour le rémunérer.

(1) Pièce C. V. 5.

V I

PASSERELLE SUR LA MARNE, STATION A VAIRES

Il est généralement reconnu que l'établissement des voies ferrées a procuré d'incontestables avantages aux villes et villages qu'elles desservent, surtout dans la banlieue de Paris, et que les pays qui sont privés de ce moyen rapide de communication, ont éprouvé un notable préjudice. Torcy, gros bourg situé à deux myriamètres de Paris, à cinq kilomètres de trois stations, se trouve dans cette dernière condition.

Des démarches faites pour obtenir de l'administration de la compagnie de l'Est une station au village de Vaires, ont été infructueuses, et la raison donnée aux refus, était que les communes les plus populeuses situées près de cette localité, ne pourraient profiter de la station dont elles seraient séparées par la rivière.

Il devenait évident que la solution de cette question était dans la construction d'un pont sur la Marne. Aussi, avons-nous saisi la circonstance favorable de l'établissement d'un barrage, pour faire la demande de ce pont.

Un volumineux dossier témoigne des difficultés nombreuses que l'administration municipale a eu à surmonter pour obtenir du ministre des travaux publics, qu'une passerelle avec *assises susceptibles de recevoir un tablier plus large*, soit jetée sur la rivière (1).

Cette passerelle, qui facilite aujourd'hui les relations des populations des deux côtés de la Marne, est le premier *Jalon* d'une station à Vaires, qui bientôt sera desservie par un tronçon de route départementale, reliant la route de Melun à Lagny, à la route impériale de Paris à Strasbourg (2).

L'importance de cette station ne pouvait échapper à la sagacité de messieurs es propriétaires de la nouvelle colonie du bois de Pomponne ; aussi se sont-ils empressés de charger leur président de se concerter avec le maire de Torcy pour faire des démarches, afin de l'obtenir.

Une première enquête faite par ordre de Son Excellence, en a déjà constaté l'utilité ; ce n'est donc plus aujourd'hui qu'une question de temps pour sa solution ; car il est impossible que messieurs les administrateurs méconnaissent plus long-

(1) D. V. 1, 2, 3.

(2) Des démarches devront être faites pour obtenir du Conseil général ce tronçon de route, et faire en sorte que la commune soit exonérée autant que possible de cette dépense, et se rappeler la lourde charge qui lui a été imposée lors du *prétendu* redressement de la côte de Torcy, fait il y a vingt ans sur la route départementale 17 *bis*.

temps les avantages pour les populations, la propriété et la compagnie, d'une station imposée par la situation topographique de ce village ; les rapports des ingénieurs qui ont fait les premières études de la ligne, et depuis, l'opinion d'hommes éminents et spéciaux, ont d'ailleurs élucidé cette importante question, et les propriétaires ont achevé de la rendre pratique par l'offre de fournir et d'abandonner gratuitement les terrains que la compagnie estimerait nécessaires à la création d'une gare, de n'établir qu'une halte d'essai, afin qu'elle pût apprécier son utilité, et de supporter le déficit de son exploitation, si au bout d'une année la nécessité de la gare n'est pas démontrée.

La critique ne s'est pas plus abstenue ici qu'ailleurs, et l'on a été jusqu'à contester l'utilité de la passerelle, et à nier l'avantage d'une station à Vaires, sans toutefois donner des raisons appréciables.

VII

SUBVENTIONS ET DONS

Afin d'alléger les charges que la construction des établissements publics imposait à la commune, nous avons sollicité des subventions de l'Etat.

M. le ministre de l'intérieur, en nous faisant observer qu'aucun crédit spécial ne lui était ouvert, nous a accordé un subside de cinq cents francs.

De son côté, le ministre des cultes avait rejeté simplement notre demande de secours, en motivant son refus sur l'insuffisance du crédit dont dispose son département pour subvenir aux nombreux besoins des villes et communes de France sans ressources, imposées au maximum de la contribution, et souvent grevées d'octrois et de surtaxes, tandis que le commune de Torcy était libre de charge et d'imposition extraordinaire (1).

Quoique cette raison fût sérieuse, nous n'en avons pas moins insisté, et sans nous laisser décourager par une nouvelle fin de non-recevoir, opposée par le chef de division chargé de la distribution des secours (2), une subvention de quinze mille francs a été accordée à la commune par le ministre (3).

Un don d'une somme importante fait à l'église par madame Curmer, a permis de pourvoir à son ornementation,

Une somme suffisante pour remplacer les anciens casques des sapeurs-pompiers

(1) E. N. 1.
(2) E. N. 2.
(3) E. N. 3.

de la subdivision, par d'autres de nouveau modèle, a été mise à ma disposition par M. le baron James de Rothschild.

Par dépêche en date du 8 novembre dernier, le ministre de la maison de l'Empereur nous a fait savoir qu'une demande d'un tableau de sainteté pour l'église de Torcy était accueillie, et que suite lui serait donnée dans l'ordre de son classement.

Des demandes d'ouvrages pour compléter la bibliothèque communale ont été faites par le maire à MM. les ministres de l'Instruction publique et de la Marine, une dépêche de ce dernier lui fait espérer l'envoi prochain de volumes.

J'ajoute, qu'afin d'éviter aux femmes de Torcy un pénible déplacement pour aller laver leur linge à la Marne, le maire se charge d'obtenir au moyen d'une souscription somme suffisante, soit pour l'établissement d'un lavoir public, soit pour l'ornementation d'une fontaine, si le conseil refuse d'indiquer l'emplacement du lavoir, ce qui serait fâcheux (1).

VIII

SITUATION FINANCIÈRE. EMPRUNT

§ 1er.

Les travaux entrepris dans la commune devaient nécessiter des dépenses considérables; l'administration chercha dans l'application des théories nouvelles de crédit une combinaison financière pour en opérer la liquidation dans un délai aussi rapproché que possible, sans *compromettre le capital*, et aussi sans lourde aggravation de charge pour les habitants.

Réduite en ces termes, la solution de cette proposition donnait satisfaction à tous les honnêtes gens animés du bien public, que des questions secondaires ne devraient jamais séparer; car, ils ne peuvent l'ignorer, il est des hommes qui sans s'entendre, ne se séparent jamais pour combattre.

Des mots à effet, *Dettes, Emprunts, Ruine,* ont été propagés avec une persistance et une perfidie trop manifestes, pour ne pas jeter de l'inquiétude dans l'esprit d'une classe crédule, et par suite facile à tromper.

Je ne veux ni faire une revue rétrospective, ni passionner la discussion; je me bornerai à rappeler des faits constatés par des actes administratifs, pour arriver à la démonstration que la commune, loin d'être ruinée, se trouve aujourd'hui dans

(1) L'emplacement du lavoir vient enfin d'être indiqué et les travaux seront exécutés le mois prochain.

des conditions de progrès et de prospérité qui défient toute comparaison, non-seulement de sa situation actuelle avec celle qu'elle avait autrefois, mais aussi avec celles des autres communes du département.

Pour en faire la preuve, il suffit de poser quelques chiffres, de relater quelques dates :

En 1851 et années suivantes, les budgets dans lesquels figurent le produit de la coupe ordinaire des bois, constatent qu'une imposition de 36 *centimes* était nécessaire pour subvenir aux dépenses ordinaires de la commune, les édifices publics manquent ou tombent en ruines. A partir de 1859, date de l'aliénation et de l'emploi du prix jusqu'en 1867, pas d'*imposition extraordinaire*, et de plus la prestation en nature est rachetée et acquittée sur les revenus communaux. Construction des édifices publics, d'une usine hydraulique, création et dotation d'établissements de bienfaisance.

En 1867, la liquidation de la dette commencée depuis plusieurs années, s'opère plus difficilement par suite d'un emprunt de cent mille francs destiné à solder les entrepreneurs, et aussi par suite d'une *modification* au mode de libération de cet emprunt, indiqué par le maire, qui tout en nous dégrevant d'une somme de 47,835 francs provenant d'une différence d'intérêt, n'en a pas moins imposé à la commune une nouvelle charge momentanée (1).

Le mot emprunt sonne mal aux oreilles de certaines personnes, qui s'obstinent à considérer d'une manière absolue un emprunt comme une lourde charge, et pensent que le maire en y recourant a compromis l'avenir de la commune. Je vais essayer de dissiper cette crainte, et démontrer par des chiffres que la liquidation des dépenses occasionnées par les travaux exécutés dans la commune, déjà en partie opérée, s'achèvera en peu d'années, au moyen d'une affectation spéciale de ses revenus.

§ 2.

Voyons quelles sont les charges nouvelles imposées à la commune par la négociation des emprunts contractés en son nom, et les conséquences financières de ces opérations.

(1) Lors du vote de l'emprunt de 100,000 fr., il avait été décidé qu'il serait contracté au Crédit foncier, avec amortissement en 25 annuités de chacune 7,500 fr.; soit 7,500 fr. × 25 produit .... 187,500 »»

Sur l'observation du maire, cet emprunt a été négocié à la Caisse des consignations, avec stipulations de remboursement en 15 annuités de chacune 9,311 fr.; soit 9,311 fr. × 15, produit .... 139,665 »»
                                                    Différence à payer en moins, 47,835 »»

Pendant la période des dix années qui précèdent mon administration, de 1843 à 1853, le seul élément actif résultant du produit ordinaire des bois, figurait chaque année au budget en recette, pour une somme moyenne de 1550 francs, chiffre constaté par l'état produit par le receveur municipal (1).

Depuis la vente des bois et l'établissement de la distribution des eaux, les sommes suivantes sont portées chaque année en recette :

1° Arrérages de la rente 3 pour 100 sur l'État provenant de l'emploi du prix des bois   15,700 fr.

2° Produit des concessions d'eau, déduction faite des frais d'entretien (2)   1,000

                                                    Total   16,700 fr.

La commune est déjà libérée de *plus de la moitié des dépenses faites* pour l'établissement de ses édifices publics, qui se sont élevées à plus de trois cent cinquante mille francs, et elle achève sa libération dans les conditions suivantes :

1° Amortissement d'un premier emprunt de cinquante mille francs, négocié à la caisse des consignations le 1er janvier 1863, remboursable en douze annuités de 5,485 francs l'une, dont la dernière payable le 1er janvier 1875, opérera sa libé-

	Capital. —	Amort. et intérêt.
ration	50,000 fr.	5,485 fr.

2° Emprunt de vingt-sept mille francs sur particuliers, payable par fraction à partir du 1er janvier 1876, soit après l'extinction de la première négociation, produisant intérêt à 5 pour 100, ci ·   27,000   1,350

3° Emprunt de cent mille francs contracté à la caisse des consignations le premier janvier 1867, remboursable en quinze annuités de chacune 9,311 francs, dont la dernière sera payable le 1er janvier 1882, ci   100,000   9,311

4° Enfin un emprunt de 8,000 francs jugé nécessaire pour solder des intérêts réclamés par les entrepreneurs, et aussi pour faire face aux besoins qui ont été la conséquence de la modification apportée à la

                    A reporter, 177,000   16,140

(1) A. V. 1.

(2) Le produit des concessions d'eau faites dans la banlieue étant important et celui de celles des communes voisines de l'usine hydraulique de Villeneuve-St-Georges, s'élevant à trente-cinq mille francs par an, il paraît certain que le produit évalué à Torcy, à mille francs, devra prochainement augmenter.

Report 177,000 146

libération de l'emprunt de cent mille francs, négocié au nom de la commune, cette somme de huit mille francs, productive d'intérêt à 4 et demi pour 100, et remboursable à la caisse des dépôts et consignations sur les revenus ordinaires, libres en partie à son échéance, moitié dans dix années, et l'autre dans onze ans, ci 8,000 360

Total des emprunts contractés au nom de la commune 187,000 fr.

Annuités et intérêts à payer 16,506 fr.

Le revenu que procure à la commune le prix des bois et le produit net des concessions d'eau s'élevant ainsi qu'il a déjà été dit, à 16,700

On voit, en faisant une soustraction inverse, que tout en opérant la liquidation de la dette communale, il y a chaque année un excédant de recette de 194 fr.

§ 3.

La situation financière de la commune ainsi constatée, il reste, pour compléter ma démonstration, à comparer les chiffres des contributions payées dans les différentes communes du canton de Lagny.

Les états produits par Messieurs les percepteurs constatent que, pour l'année 1867 l'imposition était répartie de la manière suivante dans les communes du canton dont voici les noms (1).

Torcy	23 centimes.		Guermantes	86 centimes.
Ferrières	84	»	Chelles	48 »
Bussy-Saint-Martin	1 09	»	Lognes	1 03 »
Collégien	90	»	Vaires	45 »
Croissy	71	»	Champ	48 »
Emérainville	1 46	»		

Ai-je besoin d'ajouter que plusieurs de ces communes administrées, les unes par des maires occupant de grandes positions, les autres par des hommes habiles, et qui sont toutes plus imposées que celle de Torcy, encore bien que cette dernière opère sa *liquidation*, se trouvent dans des conditions exceptionnelles. C'est ainsi que la commune de Champs a été pourvue d'une école gratuite pour les filles, et d'un presbytère, par cet excellent et regretté duc de Levis; celle de Noisiel d'une mairie

(1) Pièce F. V. 1, 2.

et d'un lavoir public par M. Ménier; Lognes d'une mairie et d'une école par son maire, M. Edouard André; et à Ferrières, on trouve toujours le baron de Rothschild disposé à concourir à toutes dépenses utiles.

Les chiffres des centimes payés dans ces différentes communes ne surprendront personne, lorsqu'on saura que dans une circulaire adressée par M. le préfet de l'Aisne aux maires de son département le 8 janvier dernier, il leur fait connaître que sur 873 communes, 73 seulement supportent moins de 25 centimes, que dans les autres l'imposition est de 25 à 100. et même que ce dernier chiffre est *dépassé* dans plusieurs ; or, si je ne me trompe, l'imposition doit peu différer dans les communes des départements de l'Aisne, de Seine-et-Marne, et de Seine-et-Oise, qui sont limitrophes.

Malgré cela, l'aggravation des charges et contributions qui augmentent chaque année, conséquence de la progression croissante de la valeur de la propriété et de la fortune publique, a été imputée à l'administration du maire, comme s'il n'était pas avéré que l'imposition qui profite à l'Etat a sensiblement augmenté depuis vingt années, que celle prélevée par le département s'est accrue dans des proportions plus considérables, et que les dépenses communales ont également doublé.

Et l'on a osé dire que la commune de Torcy était ruinée; lorsqu'il est démontré que *plus de la moitié* de la dépense nécessitée par la construction de ses établissements publics est déjà payée, et que le surplus le sera sans aggravation de charge, dans un délai de quatorze années; et que tout en opérant sa liquidation, elle est l'une de celles du département qui paie le moins de contribution ! Ruinée, une commune d'une population de *mille habitants*, qui possède *quinze mille sept cents francs* en rente sur l'Etat; une commune nouvellement pourvue d'édifices publics d'une valeur de plus de *deux cent cinquante mille francs*, d'une usine hydraulique dont l'établissement a coûté *cent dix mille francs*, et dont la force motrice seule est évaluée à *cent mille francs*, d'une distribution d'eau, dont le revenu, aujourd'hui de *mille francs*, augmentera considérablement avant peu d'années, de plantations faites par nos soins dont le produit, dans moins de vingt années, devra s'élever à plus de *cinquante mille francs*; dotée d'institutions de bienfaisance; cette commune est ruinée ! Mais c'est à confondre la raison !!!

§ 4.

En présence de ces chiffres, que deviennent ces dénonciations colportées dans les cabarets dont elles accusent les marques indélébiles? Ces diffamations anonymes, œuvre d'une plume aussi venimeuse qu'impuissante, dont les fastes de la police correctionnelle dévoileraient au besoin le nom de l'auteur (1)?

A ces hommes qui ne tiennent aucun compte de décisions ratifiées par les votes unanimes des notables de la commune, et qu'ils ont *eux-mêmes approuvées* (2), qui cherchent à égarer l'opinion, et mettent tant d'ardeur à recruter contre le maire de mauvaises passions, procédés qui ne peuvent s'expliquer que par des *Souterains*, comme dit SAINT-SIMON : *Souterains* où il me serait facile de porter la lumière, ce que je n'essayerai même pas; nous disons qu'il est regrettable qu'en faisant tant de bruit, en se donnant tant de mal, pour essayer d'entraver l'exécution d'améliorations réalisées, ils nous aient obligé d'entrer dans des détails longs et arides, mais nécessaires pour faire apprécier la situation de la commune.

Chacun désormais saura le dernier mot sur cette situation financière, jugée compromise par des personnes incapables d'apprécier des questions de finances, et surtout de se rendre compte d'une opération lourde, dont les budgets s'élevant à plusieurs centaines de mille francs sont les nombres.

Je sais que plus d'un d'entre eux ne voudra pas se rendre à l'évidence, ouvrir les yeux, et voir la lumière : il faut bien se résigner, en prendre son parti, et reconnaître que c'est avec infiniment de raison qu'un ancien adage a dit qu'il n'y a pas de pire sourd que celui qui ne veut pas entendre ; ajoutons qu'il n'y a pas de pire aveugle que celui qui ne veut pas voir.

Je n'ignore rien des insinuations absurdes propagées par des gens d'une probité douteuse, tendant à inculper la délicatesse du maire, et aussi celle d'hommes considérables, au sujet de la vente des bois, et de l'établissement hydraulique; à ces attaques, le dédain sera notre réponse ; quant à l'assertion ridicule qu'on a osé *publier* que la commune de Torcy, non-seulement la première du département, mais de la France a pétitionné pour le rétablissement de l'empire (sic) et que la signature du maire manque sur ce monumentt historique. Je ne puis dire que ceci : *homme de peu de foi, rassurez-vous*, et lisez... *Candide ! ! !* (3)

(1) Une dénonciation maculée de vin, écrite par un individu et colportée par un autre (*arcades ambo*), qui ont jugé prudent de s'abstenir de la signer, a été conservée à la mairie. Elle est revêtue de signatures de gens complétement illettrés qui, appelés à les reconnaître se sont trouvés fort empêchés.

(2) L'art. 21 de la loi du 5 mai 1855 autorise tout contribuable à prendre communication du registre des délibérations du Conseil municipal.

Nota. Voir les délibérations suivantes prises à l'*unanimité* et les signatures qui y sont apposés :

1° Les délibérations des 23 novembre et 11 décembre 1853. (*Vente des bois*).

2° Délibération du 6 avril 1861. (*Edifices publics et emprunts*).

3° Délibération des 21 octobre et 11 novembre 1861. (*Etablissemen hydraulique*).

4° Délibération du 30 juin 1862. (*Passerelle sur la Marne*).

(3) Par Voltaire.

CONCLUSION

Je crois avoir démontré que de nombreux et urgents besoins ont rendu nécessaire la vente des bois communaux.

Que cette opération a été faite dans d'excellentes conditions de prix.

Que la reconstruction des édifices publics et le choix de leur emplacement a été
l'objet d'un dernier vo'e pris à l'unanimité, par le conseil et les plus imposés.

Que l'établissement hydraulique et le traité négocié avec la maison André, après
avoir reçu l'approbation unanime du conseil ont été sanctionnés par les notables.

Que, depuis l'aliénation des bois, '. commune n'a été grevée d'aucune imposition extraordinaire pendant plusieurs années et a joui d'immunités exceptionnelles.

Enfin, qu'aujourd'hui, tout en opérant la liquidation de dépenses considérables,
elle se trouve dans d'excellentes conditions financières.

Ma tâche est remplie! Convaincu que le progrès général doit découler de
l'ensemble des progrès particuliers et que chacun doit y concourir dans la limite
de ses aptitudes, j'ai fait la guerre pendant quinze ans à l'ignorance et aux préju-
gés, et travaillé sans relâche à l'émancipation de ma commune. J'ai posé ma pierre,
les hommes passent, les choses restent et ces édifices publics, cet établissement
hydraulique, cette passer.lle jetée sur la Marne, ces établissements de bienfaisance, témoigneront un jour à nos neveux des persévérants et je ne crains pas
d'ajouter, des vaillants efforts faits pour en doter la commune; et si je n'ai pu
mettre complétement à exécution le programme qui m'était tracé par la dépêche
préfectorale du 15 juin 1853, j'ai fait de mon mieux, *j'ai semé* et rendu l'administration plus facile à mes successeurs, en assurant des revenus importants à la
commune, et en propageant l'instruction.

Mais que les habitants de Torcy le sachent bien, ce n'est pas en ajoutant des
complications aux rouages administratifs déjà trop compliqués, en soufflant la dis-
corde au sein des populations dans des vues d'intérêts personnels et égoïstes,
qu'on donne aux affaires publiques une direction utile; il faut faire appel aux
hommes de cœur et de bonne volonté, sans distinction de position, repousser
des conseils de la commune, les illettrés, les habiles qui critiquent tout sans
indiquer de moyens pratiques, et qui n'ont jamais rien fait, repousser surtout
impitoyablement ces courtiers électoraux qui font des suffrages un honteux *trafic*,
ces raccoleurs qui tantôt par des promesses fallacieuses, tantôt par des libations
gratuites, exploitent les mauvaises passions, dégradent et avilissent les électeurs
et parviennent à propager parmi les populations un élément actif de démoralisa-
tion et à fausser les élections, en imposant par leurs honteuses intrigues les

hommes de leur *invention*; car, il faut bien le reconnaître, les gens honnêtes n'ont pas d'initiative, ne savent malheureusement *rien défendre*, et laissent la Société trop souvent exposée aux surprises de meneurs audacieux.

AB UNO DISCE OMNES.

PICQUENARD,
Maire de Torcy, chevalier de la Légion d'honneur.

1er juin 1868.

3

DOCUMENTS

A

Nº 1. — Aliénation des bois communaux.

État des revenus des bois de Torcy et de la location de la chasse pendant dix années.
Du 1er janvier 1843 au 1er janvier 1853.

ANNÉES	RECETTES		DÉPENSES POUR LESDITS BOIS		EXCÉDANTS des recettes sur les DÉPENSES
1843	Coupe	4.056 58	Contributions	1.911 81	
	Location	620 »»	Garde	200 »»	
	Vente des harts	21 60	Frais d'exploitation	391 80	
		4.698 18		2.536 61	2.161 57
1844	Coupe	3.662 80	Contributions	1.620 21	
	Chasse	620 »»	Garde	200 »»	
			Frais d'exploitation	311 62	
		4.282 80		2.131 83	1.890 97
1845	Coupe	3.631 10	Contributions	1.912 52	
	Location de chasse	620 »»	Garde	200 »»	
			Frais d'exploitation	350 »»	
		4.251 10		2.491 52	1.759 58
1846	Coupe	3.406 01	Contributions	2.159 38	
	Location de chasse	1.310 »»	Garde	200 »»	
			Frais d'exploitation	378 80	
			Frais d'administration	44 80	
		4.716 01		2.782 98	1.961 06
1847	Coupe	3.721 08	Contributions	1.887 59	
	Location de chasse	1.310 »»	Garde	200 »»	
			Frais d'exploitation	356 40	
			Frais d'administration	107 85	
		5.061 08		2.551 84	2.509 24
1848	Coupe	5.218 40	Contributions	2.889 49	
	Location de chasse	1.340 »»	Garde	200 »»	
			Frais d'exploitation	311 62	
			Frais d'administration	95 35	
		6.558 40		3.526 45	3.031 94
1849	Coupe	3 707 »»	Contributions	2.164 24	
	Location de chasse	1.340 »»	Taxe des bois de main-morte	686 36	
			Garde	200 »»	
		5.047 »»	Frais d'exploitation	323 75	1.674 23
1850	Coupe	2.762 »»	Contributions	2.904 38	
	Location de chasse	1.340 »»	Garde	200 »»	
	Vente des harts	16 80	Frais d'exploitation	333 »»	
			Frais d'administration	95 35	
		4.119 80		3.532 73	587 07
1851	Coupe	1.705 »»	Contributions	2.785 31	
	Location de chasse	1.100 »»	Garde	200 »»	
	Vente des chênes	874 »»	Frais d'exploitation	413 91	
			Frais d'administration	213 80	
		3.679 »»		3.643 02	35 98
1852	Vente de chênes	946 »»	Contributions	2.576 24	
	Location de chasse	1.100 »»	Garde	200 »»	
	Vente des harts	10 80	Frais d'exploitation	214 28	
			Frais d'administration	63 42	
		2.056 80		3.055 94	

Total de l'excédant des recettes		16.573 66
Déficit de l'année 1852		999 44
Il reste		15.574 22
Dont le dixième est de 1.557 45		— 10 —
Représentant le produit d'une année en moyenne		1.558 45

Certifié véritable
Le receveur municipal,
GASNIER-GUY.

Pour copie conforme
Le maire de Torcy,
PICQUENARD.

N° 2. — Préfecture de Seine-et-Marne.

Melun, 2 juillet 1853.

Monsieur le Maire,

J'ai lu avec beaucoup d'intérêt le rapport que vous m'avez adressé sur la situation de votre commune.

J'approuve complètement vos projets et la marche que vous avez adoptée et que vous allez suivre pour mener à bonne fin les affaires de votre commune ; vous pouvez compter que je vous appuierai de tout mon pouvoir dans l'exécution des mesures qui pourront devenir nécessaires pour que ces projets reçoivent une bonne et prompte solution.

Recevez, Monsieur le Maire, etc.

A. DE BOURGOING.

N° 3. — Préfecture de Seine-et-Marne.

Melun, 6 décembre 1853.

Monsieur le Maire,

J'ai examiné avec beaucoup d'intérêt la délibération prise par le Conseil municipal de Torcy, le 22 novembre dernier, que vous m'avez remise, lorsque j'ai eu l'honneur de vous voir samedi.

Par cette délibération, le Conseil est d'avis *à l'unanimité* que la commune soit autorisée à vendre aux enchères publiques 125 hectares de bois qu'elle possède, lesquels représentent une valeur capitale d'environ 400,000 francs ne produisant qu'un faible revenu annuel, pour faire l'emploi du prix en acquisition de rentes sur l'État.

Je ne puis que *féliciter l'administration municipale de Torcy* d'une pareille mesure, qui est évidemment avantageuse à la commune et j'appuierai d'un avis favorable la demande tendant à obtenir un décret approbatif.

Veuillez agréer, Monsieur le Maire, etc.

Le Préfet de Seine-et-Marne,
A. DE BOURGOING.

N° 4. — Ministère de l'Intérieur.

Paris, 16 janvier 1855.

Monsieur le Préfet,

La commune de Torcy demande l'autorisation d'aliéner un bois de 125 hectares évalués à 100,000 fr., ne produisant qu'un faible revenu annuel pour faire l'emploi du prix en acquisition de rentes sur l'État.

Les Ministres des finances et de la marine que j'ai dû consulter au sujet de cette demande, ont émis l'avis qu'elle n'était pas susceptible d'être *accueillie*. Mes collègues se fondent d'une part, sur ce que la vente projetée avait pour effet de priver la classe indigente d'une délivrance affouagère qu'elle reçoit à prix inférieur à la valeur réelle du bois. D'autre part, sur ce que, si les bois dont il s'agit devenaient la propriété des particuliers, la révolution à laquelle les coupes sont soumises, pourrait être modifiée au détriment de l'intérêt général de la consommation et que les belles futaies qu'ils renferment et dont la conservation intéresse les constructions civiles et navales ne tarderaient pas à disparaître (1).

En cet état de choses, Monsieur le Préfet, je ne puis que vous inviter à porter les observations qui précèdent à la connaissance de l'administration municipale de Torcy.

Agréez, Monsieur le Préfet, etc.

Le Ministre de l'Intérieur,
BILLAUT.

N° 5. — A M. Picquenard, maire de Torcy.

Paris, 19 octobre 1855.

Monsieur le Maire,

J'ai entretenu mon collègue Hamelin de votre affaire communale ; je vous engage à demander au Ministre de la marine une audience ; j'ai lieu de penser qu'après vous avoir écouté, il reviendra sur sa décision.

Agréez, mon cher Monsieur Picquenard, tous mes compliments.

A. ROMAIN-DESFOSSÉS.

N° 6. — A M. Picquenard, notaire à Torcy.

Paris, 24 octobre 1855.

Mon cher Maître,

Monsieur le baron me charge de vous prier de venir le voir, il vous accompagnera chez le Ministre. Faites en sorte de venir soit jeudi soit vendredi, de midi à deux heures.

Agréez, mon cher Maître, etc.

FORMONT.

(1) *Nota.* — Les constructions civiles pas plus que la marine ne se sont jamais approvisionnées dans le bois appartenant à la commune de Torcy.

N° 7. — A M. Picquenard, maire de Torcy.

Paris, 23 novembre 1855.

Mon cher Maire,

J'ai le plaisir de vous informer que le Ministre de finances a renvoyé à Monsieur le Ministre de l'Intérieur avec son *adhésion* le dossier relatif au projet d'aliénation de la forêt de Torcy; il a été en même temps donné avis de ce renvoi à Monsieur le Préfet de Seine-et-Marne.

Je vous serai bien obligé de venir me voir à votre prochain voyage.

Recevez, mon cher Monsieur Picquenard, mes compliments distingués.

Bon JAMES DE ROTHSCHILD.

N° 7. — Conseil d'État.

26 juillet 1856.

Monsieur le Maire,

Je désirerais causer quelques instants avec vous avant la séance du Conseil d'État, dans laquelle je ferai mon rapport de l'affaire relative à l'aliénation des bois de la commune de Torcy. Je vous serai fort obligé de venir me trouver lundi prochain de 10 à 11 heures; mon intention est de terminer cette affaire. J'attacherai une grande importance à en conférer avec vous.

Veuillez, Monsieur le Maire, etc.

Le Maître des requêtes au Conseil d'État,

RICHAUD.

N° 8. — Conseil d'État.

28 juillet 1856.

Monsieur le Maire,

Je m'empresse de vous informer que le Conseil d'État, dans sa séance d'hier, a émis l'avis qu'il n'y avait pas lieu d'*autoriser* la commune de Torcy à *aliéner* sa forêt; des considérations d'intérêt général ont motivé ce refus.

Veuillez agréer, Monsieur le Maire, etc.

Le Maître des requêtes au Conseil d'État,

RICHAUD.

N° 9. — A M. Picquenard, notaire à Torcy.

Paris, 9 décembre 1859.

Mon cher Monsieur,

Je me ferai un plaisir de vous accompagner chez le Ministre de l'intérieur; il est préférable que vous lui exposiez vous-même votre affaire communale. Venez me prendre mardi à dix heures.

Agréez, cher Monsieur, l'assurance de mes sentiments dévoués.

Bon T. DE LACROSSE.

N° 10. — Ministère de l'Intérieur.

10 avril 1857.

J'ai l'honneur de vous informer que, par décret impérial en date du 8 avril 1857, la commune de Torcy a été *autorisée* à vendre sa forêt communale aux enchères publiques sur la mise à prix de 398,877 fr. 55 c., et qu'ampliation de ce décret vient d'être adressée à M. le Préfet de Seine-et-Marne, pour en assurer l'exécution.

Le Conseiller d'Etat, secrétaire général du Ministre de l'intérieur,

(Signature illisible).

Observation. — Pendant que le Maire faisait des démarches afin d'obtenir d'aliéner les bois communaux sur la mise à prix de 398,377 fr. 55 cent., ce qui avait été refusé par M. le Directeur général des eaux et forêts, un décret rendu le 18 octobre 1856 autorisait la vente de la coupe de la réserve adjugée depuis, moyennant un prix de 36,000 francs. Cette vente, en diminuant considérablement *la valeur conventionnelle* de la forêt, devait avoir pour conséquence prévue par l'administration des forêts de rendre impossible l'adjudication (ce qui est arrivé) et de rendre nécessaire l'obtention d'un nouveau décret autorisant la vente sur une mise à prix de 350,000 francs.

N° 11. — Sous-préfecture de Meaux.

Meaux, 10 juin 1859.

Monsieur le Maire,

J'ai l'honneur de vous transmettre ampliation d'un décret signé par l'Impératrice, le 24 mai 1859, qui autorise la commune de Torcy *à vendre* un bois communal aux enchères publiques sur la mise à prix de 350,000 fr. Cette décision que je suis heureux de transmettre à Monsieur le Maire, couronne les efforts persévérants de ce magistrat, et ouvrira à Torcy une *ère nouvelle* pour la commune.

Je vous prie, Monsieur le Maire, d'assurer l'exécution de ce décret.

Veuillez agréer, Monsieur, etc.

Le Sous-Préfet,

CONRAD.

N° 12.

Quaix, 12 septembre 1852.

Monsieur le Maire,

Je viens d'apprendre que vous avez pu parvenir à vendre vos bois communaux, un journal m'a fait connaître cette mise en vente et l'adjudication.

Ma commune se trouve, monsieur, dans une situation semblable à la vôtre ; elle possède trois cents hectares de bois d'une valeur de *cent cinquante mille francs* qui rapportent net environ *sept cents francs* par an, et cela, grâce à l'administration forestière.

D'un autre côté, nos budgets se soldent chaque année en déficit et nous ne pouvons faire face à nos dépenses les plus strictes, qu'au moyen d'impôts extraordinaires.

Dans cette situation, la généralité de mes administrés désirerait vendre nos bois afin d'en placer le prix en rentes sur l'État et de dégrever la commune de contributions extraordinaires. Je viens donc, monsieur et honoré confrère, vous prier d'avoir l'extrême obligeance de me faire savoir comment vous vous y êtes pris, et les moyens que vous avez fait valoir pour obtenir l'autorisation de vendre votre propriété, afin que nous puissions suivre vos errements.

Si je n'ai pas trop présumé, monsieur le maire, de votre obligeance, je compte que vous voudrez bien m'honorer d'une réponse le plus tôt qu'il vous sera possible

Le maire de Quaix,

T. FAURE.

B

ÉDIFICES PUBLICS

N° 1.

Paris, 20 décembre 1860.

Monsieur le Maire,

J'ai l'honneur de vous prévenir que j'envoie ce jour à M. Barat, Membre du Conseil municipal de Torcy, le rapport que j'ai été chargé de faire par la commission sur l'état des édifices communaux. Je conclus à la *démolition*, la *réparation* de ces édifices me paraissant de toute impossibilité.

J'ai lu votre remarquable rapport sur la situation de votre commune, veuillez agréer mes bien sincères compliments.

Je vous prie d'agréer, Monsieur le Maire, etc.

LOUVET,
Architecte-Inspecteur des travaux publics à Paris, désigné
par la commsision du Conseil municipal de Torcy.

N° 2.

Paris, 27 décembre 1860.

Pardonnez-moi, mon cher Picquenard, de ne vous avoir pas encore remercié de votre communication ; cela tient à ce que, à cette époque de l'année, je suis extrêmement occupé ; mais j'ai à cœur de vous dire que j'ai lu avec le plus vif intérêt votre rapport à M. le Préfet sur la situation de la commune de Torcy que vous administrez si bien, et que je suis pénétré de la justesse de vos idées, exposées d'une manière si lucide qu'elles ne me semblent pas susceptibles de rencontrer des contradicteurs.

Cette opinion est au surplus partagée par un homme plus compétent en pareille matière, puisqu'il est membre du Conseil général de la Seine, M. Germain Thibault, ancien député, avec lequel j'ai eu l'occasion d'en conférer et qui donne aussi son entière approbation à vos projets qu'il connaît. Je vous dirai même que j'ai été heureux d'apprendre par lui que les gens sur le *concours éclairé* desquels vous deviez en effet pouvoir compter pour la réalisation de tout le bien dont vous voulez faire jouir vos administrés, que son ami, M. BARAT, entre autres, vous *secondent* au moins de leurs vœux.

Il ne pouvait en être autrement, car il faudrait avoir des yeux pour n'y rien voir, et ceux de l'intelligence ne pouvaient pas vous faire défaut.

Il faut plaindre ceux qui ne vous comprendraient pas, plutôt que de les accuser.

Quant à moi, mon cher ami, je ne puis que vous féliciter ; vous avez justement pensé que les intérêts, si admirablement entendus de la commune de Torcy, me sont et me seront toujours chers.

Merci donc et continuez à marcher dans la même voie qui est *celle du progrès* ; vous êtes un homme de bien, je le savais depuis longtemps.

Je vous serre bien cordialement la main.

Votre dévoué et affectionné

BONIFACE,
Avocat à la Cour.

Mon frère, ancien maire de sa commune, a lu votre rapport et me charge de vous adresser ses félicitations.

No 3. — Conseil d'État.

10 septembre 1862.

Monsieur,

J'ai reçu votre communication relative à l'affaire dont vous m'annoncez l'envoi du dossier au conseil d'Etat.

Je serais heureux de vous seconder dans la réalisation de votre projet, que je vais m'empresser d'examiner.

Recevez, Monsieur, mes salutations les plus distinguées.

E. BAVOUX.

Nᵉ 4. — Conseil d'État.

9 octobre 1862.

Je suis heureux d'annoncer à monsieur le Maire de Torcy que l'affaire qu'il m'a fait l'honneur de me recommander a été soumise au conseil d'Etat hier, et a reçu une *solution* favorable.

Je le prie de recevoir l'assurance de ma considération distinguée.

Le Conseiller d'Etat,

E. MARCHAND.

C

ÉTABLISSEMENT HYDRAULIQUE

Nº 1.

Rentilly, 15 septembre 1860.

Monsieur le Maire,

Je vous appuierai pour vos demandes au ministère ; cela va sans dire, mais c'est à la commune à les faire puisqu'elle est seule en nom. Je crois que le mieux serait de les adresser directement à M. Rouher, sous forme de mémoire, et de ne pas perdre un instant pour le faire ; *ayez soin de discuter les motifs du refus* qui vient de vous être fait et de rectifier votre demande de concession.

Venez me voir dans la soirée ou demain matin.

Bien des compliments.

ERNEST ANDRÉ.

N° 2.

Dresde, 3 octobre 1861.

Mon cher Monsieur,

J'ai bien reçu votre lettre du 25 septembre, vous voyez qu'il ne faut pas tant désespérer par avance et que peu à peu les choses arrivent à point. Soyez bien persuadé que le ministre est plein de bonne volonté, et que si vous savez *vous y prendre et vous presser* pour obtenir ce que vous voulez, il facilitera tout, seulement, je vous en conjure, ne perdez pas un instant. *Demandez avec instance la passerelle et vous l'obtiendrez*, ce sera encore une chose énorme pour vos communes, dont elles vous sauront *un jour infiniment de gré*. Plus tard, il deviendrait impossible d'obtenir un pareil avantage. J'espère que vous aurez pu terminer heureusement la négociation dont l'administration vous a chargé, et que, à mon retour au château, les plans et devis seront approuvés.

Je désire beaucoup, dans un intérêt commun, que votre conseil ait bien pris la question, et qu'il ait compris *tous les avantages* qu'une pareille opération peut procurer à la commune.

Évidemment le séjour de Torcy deviendrait bien plus habitable, le pays par suite plus important et tous les terrains doubleraient et tripleraient de valeur.

Dites-le leur bien ; car c'est la vérité (1).

Adieu, Monsieur, portez-vous bien et recevez tous mes compliments.

ERNEST ANDRÉ.

N° 3. — A M. Garnier, adjoint au maire de Torcy.

Paris, 7 novembre 1863.

Monsieur,

J'ai bien reçu et je vous remercie, la lettre que vous m'avez fait l'honneur de m'adresser le 5 de ce mois ; et notre pauvre ami, s'il venait à nous manquer, peut rester persuadé que je n'oublierai pas sa recommandation. Je ferai tout le nécessaire et en temps utile, auprès du ministre, quoique je sois bien convaincu que nous le conserverons et qu'il pourra achever lui-même l'*œuvre* qu'il a commencée et qui procurera un si *grand bienfait* à sa commune.

Veuillez agréer, Monsieur, etc.

ERNEST ANDRÉ.

---

(1) Je suis heureux de saisir cette occasion pour proclamer que le véritable bienfaiteur de notre commune sous mon administration, a été M. Ernest André, dont le puissant concours n'a jamais été en vain réclamé, et d'offrir à la mémoire de cet homme de bien notre tribut de profonde reconnaissance.

N° 4.

Melun, 3 septembre 1863.

Le Préfet de Seine-et-Marne a l'honneur de prier M. le Maire de Torcy de lui accuser réception du décret du 30 juillet dernier qui autorise cette commune à *établir* une prise d'eau dans la Marne et lui *concède* une force motrice.

Bon LASSUS DE SAINT-GENIÉS.

N° 5.

Gournay, 15 janvier 1867.

Monsieur le Maire,

Chargé par l'administration de la navigation de traiter avec MM. les propriétaires des terrains nécessaires pour l'établissement du barrage de Vaires, mieux que personne je sais ce qui s'est passé ; aussi puis-je affirmer que la personne qui a avancé que vous vous étiez fait payer fort cher et le plus cher possible votre pièce de pré contenant plus d'un hectare, qui borde le barrage, et, par suite, que vous aviez largement profité de la circonstance pour faire une bonne affaire est complètement dans l'erreur, car, *seul des propriétaires*, dès qu'il vous a été dit que votre propriété était destinée à l'établissement de l'usine que la commune se proposait d'établir, et du canal de dérivation des eaux, vous vous êtes empressé de me déclarer que vous n'entendiez pas faire un bénéfice, mais seulement rentrer dans les déboursés de votre acquisition, *ce qui a été fait* tandis que les autres propriétaires expropriés ont fait payer leurs terrains plus d'un tiers de plus à l'administration.

Veuillez agréer, Monsieur le Maire, etc.,

Le conducteur principal de la navigation,

DESHAYES.

D

PASSERELLE SUR LA MARNE

N° 1. — Ministère de l'Agriculture, du Commerce et des Travaux publics.

Paris, 22 janvier 1862.

Mon cher monsieur,

Nous avons reçu le projet de la passerelle sur la Marne au barrage de Vaire, la dépense est évaluée à 20,000 fr. Avant d'envoyer à l'examen du conseil, je désirerais bien savoir si les communes ne sont pas disposées à contribuer à la dépense. Présenté comme devant être exclusivement à la charge de l'Etat, le projet rencontrera de grandes difficultés au conseil.

Croyez, mon cher monsieur, à mes sentiments distingués.

Le directeur général des ponts et chaussées et chemins de fer,

FRANQUEVILLE.

N° 2. — Ministère de l'Agriculture, du Commerce et des Travaux publics.

6 octobre 1862.

Monsieur, vous m'avez fait l'honneur de me communiquer le mémoire qui vous a été remis par le maire de Torcy, au sujet de la passerelle dont la construction est demandée sur le barrage de Vaire.

M. le maire rappelle que pour couvrir la dépense évaluée à	26,000 fr.
Les fonds souscrits par les communes et les propriétaires s'élèvent à	12,000
Il ajoute que l'administration *a consenti à couvrir pour une somme de*	12,000
Soit	24,000
Et il demande que l'État augmente sa subvention de	2,000

afin de permettre la réalisation de cette entreprise.

Permettez-moi de vous faire remarquer, monsieur, que l'administration ne s'était pas jusqu'ici *engagée pour 12,000 fr.* Le conseil des ponts et chaussées délibérant sur cette affaire, avait exprimé l'avis qu'il y avait lieu d'accorder une subvention de *9,000 fr.* et de n'autoriser l'exécution des travaux qu'autant que les communes intéressées offriraient une contribution de *17,000 fr.*, représentant les 2/3 de la dépense.

Prenant en considération l'intérêt qui m'est signalé par le maire de Torcy et qui s'attache à l'établissement de cette passerelle, je suis disposé à porter à *12,000 fr.* le chiffre de la subvention qui serait accordée sur les fonds du Trésor, *mais il ne m'est pas possible d'aller au-delà.*

Je vous prie, monsieur, de vouloir bien donner connaissance de cette décision à M. le maire de Torcy, afin qu'il avise aux mesures qu'il croira devoir prendre dans l'intérêt de sa commune.

Recevez, monsieur, l'assurance de ma parfaite considération.

Le ministre de l'Agriculture, du Commerce et des Travaux publics,

ROUHER.

N° 3. — Ministère de l'Agriculture, du Commerce et des Travaux publics.

2 novembre 1861.

Monsieur le maire,

J'ai l'honneur de vous informer que Son Excellence, prenant en considération les nouvelles observations et l'intérêt que vous lui signalez, vient d'autoriser l'établissement d'une passerelle sur le barrage de Vaire, a la condition qu'une contribution d'une somme de *12,000 fr.* sera offerte par les communes intéressées.

Veuillez agréer, Monsieur le maire, ma considération distinguée.

Pour le ministre de l'Agriculture, du Commerce
et des Travaux publics,
Le conseiller d'État,
Signature illisible.

N.-B. — Par suite d'une souscription à laquelle MM. E. André et A. Fould ont bien voulu prendre une large part, cette contribution de 12,000 fr. a été réalisée et la passerelle a depuis été faite aux frais de l'Etat.

E

SUBVENTION ACCORDÉE A LA COMMUNE

N° 1. — Ministère de l'Instruction publique et des Cultes.

Paris, 24 mai 1862.

M. le préfet, vous m'avez adressé les pièces à l'appui d'une demande formée par la commune de Torcy à l'effet d'obtenir un secours pour l'aider dans la construction d'une église et d'un presbytère.

D'après l'examen qui a été fait, ces projets ont paru susceptibles d'exécution, mais la situation des crédits de l'exercice ne me permet pas de statuer actuellement sur la subvention qui a été sollicitée pour y pourvoir.

Dans tous les cas, la situation financière de cette commune étant excellente, il ne me serait pas possible d'allouer la somme fort élevée de 15,000 fr. qui m'est demandée pour couvrir le déficit signalé.

Le maire de Torcy ayant fait réclamer le dossier de cette affaire dans le but de commencer sans retard les travaux, j'ai l'honneur de vous le renvoyer. Il sera ultérieurement *statué* sur la proportion dans laquelle je pourrai concourir aux travaux de l'église et du presbytère de Torcy, et je vous ferai connaître aussitôt la décision qui sera prise.

Recevez, Monsieur le Préfet, etc.

Pour le ministre de l'Instruction publique et des Cultes,

V. HAMILLE.

N° 2. — A M. Picquenard, maire de Torcy.

Paris, 5 mai 1864.

Monsieur,

M. Edouard André quittant Paris samedi matin pour près d'un mois, a voulu auparavant voir M. Delamotte, au ministère des Cultes, au sujet de votre demande de secours.

M. Delamotte lui a répondu qu'il vous connaissait parfaitement, mais qu'il n'avait pas connaissance qu'aucune promesse vous eût été faite par le prédécseseur de M. Baroche ; que la somme de *15,000 fr.* que vous demandiez ne vous serait *jamais accordée ;* que s'il s'agissait de *500 fr.*, peut-être pourrait-on les obtenir, encore ne serait-ce pas sûr.

J'ai voulu vous prévenir de cela, afin que vous avisiez, si vous désirez voir M. Edouard avant son départ, pour plus de détail.

Agréez, monsieur, mes sincères salutations.

FRAGONARD.

N° 3. — Sous-préfecture de Meaux.

21 juin 1864.

Monsieur le maire,

J'ai l'honneur de vous donner avis que, par décision en date du 21 de ce mois, M. le ministre de la Justice et des Cultes a alloué à votre commune une subvention de *15,000 fr.*, payable en trois années, à partir de 1866, pour aider à la construction d'une église et d'un presbytère.

Agréez, Monsieur le maire, mes félicitations,

Le sous-préfet,

Marquis DE MARCILLY.

F

SITUATION FINANCIÈRE

N° 1.

PERCEPTION DE FERRIERES

19 novembre 1867.

État présentant par commune les centimes ordinaires et extraordinaires compris dans les rôles de l'année 1867.

Ferrières,	» 81
Bussy Saint-Martin,	1 09
Emereinville,	1 16
Collégien,	» 96
Bussy Saint-Georges,	» 67
Lognes,	1 03
Croissy,	» 71
Guermant,	» 80

Certifié véritable :

Le percepteur,

DE MORLAINCOURT.

N° 2.

PERCEPTION DE CHELLES

Chelles, 10 novembre 1867.

État des centimes communaux payés dans les communes ci-après de la perception de Chelles dans l'année 1867.

Champs,	» 48
Chelles,	» 48
Torcy,	» 25
Vaire,	» 45.

Certifié véritable :

Le percepteur,

EMILE ADAM.

N° 3.

COMMUNE DE LOGNES.

Revenu,   26 23

COMMUNE DE TORCY

Revenu,   27 24

Avertissements donnés à M. X..., pour l'acquit des contributions foncières de 1867 qu'il doit sur Torcy et sur Lognes.

Sur *Torcy*. Revenu : 27 fr. 23. — Contribution foncière,   14 fr. 18
Dont à l'Etat,   6 fr. 95
Et au dép* et à la commune, 7   23

Sur *Lognes*. Revenu : 26 fr. 22. — Contribution foncière,   21 fr. 25
Dont à l'Etat,   7 fr. 86
Et au dép* et à la commune, 13   39

Le directeur des contributions,

BRUN,

Melun, le 13 décembre 1867.

LAGNY. — Imp. de A. VARIGAULT.